# 叫魂から永遠平和へ

――大竹市の歴史・産業・地域文化

天瀬裕康詩集

コールサック社

詩集

# 叫魂《きょうこん》から永遠平和へ

——大竹市の歴史・産業・地域文化

天瀬裕康

# まえがき

今回の詩集は、私が広島県の西端にある大竹市の立戸二丁目において、内科の小医院を開業した一九八二年七月から、医院を閉じて広島に転居した二〇二二年九月までの、四〇年間に起こった諸事象を叙事詩風に詠んで纏めたものです。

私が「大竹」という地名を初めて知ったのは一九四三（昭和一八）年のこと、広島県呉市の国民学校（現・小学校）六年生になったばかりの頃、仲の良かった少年が大竹という町に転校していなくなった時でした。

彼の父親は海軍の軍人で、大竹に海兵団や潜水学校ができた時期でしたから、そのための転勤でしょう。この辺りは一九二九年に町になったものの、まだ市にはなっていないので本書では大竹町と表記し、市制を敷いた一九五四年以後を大竹市と呼んでおります。

次に大竹との関わりが生じるのは、以前、小方村《おがたむら》の立戸と呼ばれていた土地の大木玲子と結婚してからです。それは一九五九年の五月ですから、もう完全に大竹市でした。本書の中で単に「大竹」と表現してある場合でも、「大竹市」の場合が多いと思います。

三度目の接触は、そうした大竹市で開業してからです。二二年ほど勤めた東洋工業付属病院を辞し、開業しようと決心したのは一九八〇年の年末、じっさいに開業したのは二年後の夏でしたが、そこは妻の実家の土地でした。妻の父親は頻回の入市被爆後三年余りで死亡、「被爆死」と思われますが、ともあれその家は妻の母親と姉が守っていました。

私のほうは母が一九七八年の夏、肝臓癌で死亡。父は一九八〇年の春に脳軟化で亡くなりましたが、この間、妻の玲子は二人の病人によく尽くしてくれました。今度は私が、妻の母親に何かをしてあげねばなるまい、と思ったものです。

開業後は、大竹の歴史的文献に接する機会も多くなってきました。幕末の動乱、明治の日清・日露戦争、大正時代の第一次世界大戦、昭和の一五年戦争及び原爆・終戦、戦後の石油コンビナートと、歴史に翻弄されたような気がしないでもありません。

そうした大竹市のJR大竹駅の駅前には、《広島の西の玄関／人の和と産業の街／大竹市》と彫り込んだ石碑が建っています。これは地方の小都市の性格を簡潔に表していますが、私は総合市民会館の前庭に建てられた、原爆慰霊碑である「叫魂《きょうこん》」の碑のほうに、より大きな関心が湧くのでした。

辞書的にいえば「叫魂」は、名を呼んで死にかけた人を呼び戻すことですが、碑横の説明板にある「魂の叫び」の意味で使われたのかもしれません。普通の慰霊碑は鎮魂のためであり、叫魂はあまり一般的ではないので、強い想いが働きかけたような気がします。

それでは、日常診療の多くは割愛しますが、こうした目立たぬ部分にも目を配りながら、大竹市での日々を振り返ってみましょう。

詩集　叫魂《きょうこん》から永遠平和へ

——大竹市の歴史・産業・地域文化

目次

## I　過去ありて　いま

## II　一種の祀る行為

## Ⅲ　これも仕事のうち

## Ⅳ　文化面での記憶

## Ⅴ　別の面の叫魂《きょうこん》と希望

序詩

# 大竹という小都市

中国山脈の羅漢山から
南下する支脈が海岸近くへ迫り
市街地の背後はすぐ山地
その中には名勝三倉岳もあり
山峡を川が流れ県境をなす

木野《この》川は安芸国《あきのくに》（広島県）の呼び名
周防国《すおうのくに》（山口県）では小瀬《おぜ》川
安芸の大竹村と対岸の　周防和木《すおうわき》村が
一六五五年と一七五二年に大乱闘

今は石油コンビナートのパイプが
川を越えて両県を結ぶ

昔は遠管郷《おかのさと》と称し山陽道の要路
中世には厳島社領や毛利氏の治下に
関ヶ原以後は福島正則が亀居城を建てた
が　幕府の命で壊される
幕末には長州征伐に巻き込まれ
沿岸部の殆どの民家が灰燼に帰す

一九五四年　市制を敷いた大竹市
東北は広島県廿日市《はつかいち》市　西南は
山口県岩国市に接し多事多難
いかなる未来が来るのであろうか
いや未来とは作るもの……

# I　過去ありて　いま

# 幕末の悲劇

第一次長州戦争は　幕府に対する
長州の　恭順・謝罪で収まったものの
高杉晋作らの改革派が藩政権を奪還
対立中の薩摩とも提携し戦力増強

動静を察知した幕府は　征長の軍を進め
一八六六（慶応二）年六月　徳川茂承《もちつぐ》が広島へ
十四日朝　小瀬川を挟み大竹村より和木村への
砲撃で戦闘開始　彦根軍は猩々《しょうじょう》緋《ひ》の陣羽織に
軍扇の使番二名を出したが　岩国軍は
川の途中で両名を射殺し彦根軍は後退

搦《から》手《めて》の幕府側高田軍は　苦の坂周辺に
布陣したが　長州軍は苦の坂を制圧
大竹村を攻め彦根軍の側面を突いたので
彦根・高田両軍は　陸路と海路で逃げ
玖波《くば》にいた彦根藩主らは船で広島に行き
残る主力も大野へ退く――大竹口の戦いだ
九月二日　厳島において休戦協定

大竹・油見《ゆうみ》・小方《おがた》・黒川・玖波など
のちに大竹市となる地域の　被害は甚大
家屋焼失は一七三四軒　罹災者が八九九六人
戦争の被害者はいつも庶民　勤王・佐幕は
どちらでもいい　欲しいのは平和な生活

# 工業地帯へ

昔から大竹地域は
工業地帯へのポテンシャルを
秘めていた　はやくも明治末期に
芸防抄紙㈱が　昭和には新興人絹㈱
があったが　大倉鉱業山陽製鐵所[*1]
のことを知る人は少ない

明治末から大正にかけて
造船造兵器工業の規模が大きくなり
たとえば呉地区の海軍工廠では　軍艦
の建造が相次ぎ　銑鉄[*2]の需要が増えた

日本海軍は　スウェーデン銑鉄を輸入
が　それが途絶し「鉄鋼飢饉」という
新語が生じるような状況　慌てた海軍は
大倉組の大倉喜八郎に協力要請

大倉組は　南満州に大倉工業傘下の
鉱山や炭鉱を持ち　この原材料をもとに
奉天南の本渓湖《ほんけいこ》媒鉄公司《ばいてっこんす》で製鉄事業中
本渓湖の鉄鉱石が銑鉄製造に適したもの
と分かったので　内地での製造を目指し
広島県佐伯郡小方村（現・大竹市小方）の
烏帽子《えぼし》新開を敷地と定めた

一九一六（大正五）年八月　大倉組の
土木部（戦後・大成建設）により敷地造成

一九一七年七月　第一溶鉱炉の火入れ式
一八年の産高は約九千五百トンで　順調に
伸びたが　一九年に始まる恐慌に加え
二二年にワシントン海軍軍縮条約
大倉鉱業は　溶鉱炉の火を消す

時代は変わり一九三三（昭和八）年九月
小方村と大竹町は　山陽製鉄所跡地を
利用し　新興人絹㈱の誘致に成功
大竹の街を象《かたど》る輪郭が決まり　のちの
三菱レイヨンの時代に繋がる

＊1　望月英範・編集発行『小方の歴史探訪』平成三十年八月・私家版
＊2　炭素含有量が多く、鋼鉄を作る原料の他、鋳型等に使う。

# 岩国空襲の余波

太平洋戦争末期の一九四五年
日本中が米軍の空爆に晒されていた
五月一〇日　和木村の岩国陸軍燃料廠と
興亜石油の麻里布製油所が　B29多数
の爆撃を受け　両工場の勤務者に被害
大竹町*から死者三七人　負傷者一〇人
建物は全壊一戸　半壊一戸で
終戦前日にも猛爆があった

＊　大竹市歴史研究会による。

# 死なくてよかった死

大戦末期　空襲による類焼損害
を少なくする　建物疎開と称して
家を壊す国民義勇隊出動指令が出され
学徒たちは学校単位で出動させられた

大竹地域では出広《しゅっこう》義勇隊と呼んでおり
八月六日の出動は廿日市地方事務所経由で通達
玖波町一〇五人　小方村八六人　大竹町七九八人
の半数余りが大竹六時一〇分発の広島行き列車に
大竹駅と玖波駅[*1]から乗車　残る五〇〇人弱の
大竹隊は六時五〇分発に乗り　ともに己斐駅[*2]で下車

先発隊は目的地の広島市で作業に取り掛かり
後発隊は途中で八時一五分となり　どちらも原爆遭遇
小方隊は作業場所が　爆心に近かったので被害甚大
大竹地域では一二時過ぎから　義勇隊・学徒・一般人の
凄絶な負傷者が帰って来たものの　名前を呼ばれながら
死んでいく　建物疎開がなければよかったのに

大竹地域の動員学徒の被害は　大竹町六二人
玖波町二九人　小方村二九人　彼らは即日または
二週間以内に死亡　他に救援で頻回に入市し
原爆死と思える人達[*3]もいた

＊1　広島へ行く「上り」の場合は大竹の次の駅。
＊2　大竹へ行く「下り」の場合は広島から二つ目の駅。
＊3　著者の義父などはこの範疇に入る。

# 引揚げ港の状況

沖合の大きな船と　大竹港の
波止場の間を　小型の艀《はしけ》が往復中
大きな船氷川《ひかわ》丸は　南方からの復員船
大東亜戦争の終結による帰還の開始

厚生省内　引き揚げ掩護課の管轄で
大竹など一〇の港へ帰ってくるのだ
旧大竹海兵団内には　大竹地方引揚援護局と
同局宇品主張所が設けられ　検疫から診療
引揚証明書の交付など　広範な業務に従事

第一船の入港は　一九四五（昭和二〇）年の
一二月一〇日　悲惨な戦闘の行われた地区から
の復員者なのか　やつれ衰えた痛ましい姿
殆ど南方からの引揚げだが　四七年一月までの
入港船数は二一九隻　上陸人数は四一万七八三人
入院したのは約一万九八〇〇人　これは
大竹地区引揚者総数の四・八％に当る由
他に広島の宇品港からの復員者もいたが
異常なき者は帰郷の準備

所定の手続きを終えると　国鉄の
帰郷列車で懐かしい故郷へ向かう
復員者の中には　居着いてしまい
そのまま開業の軍医もいたという

## ついに大竹市誕生

明治政府は改革がお好き
廃藩置県だけでは気がすまぬ
一八八九（明治二二）年の市町村制施行
によって　大竹《おおたけ》村・油見《ゆうみ》村・木野《この》村・
玖波《くば》村・小方《おがた》村・栗谷《くりたに》村が設置される

その後　一九一一年に大竹村が大竹町へ
一九二四（大正一三）年には玖波村が玖波町へ変更
一九二九（昭和四）年には油見村を大竹町に編入
戦後の一九五一年には小方村が小方町へ変更
木野村は大竹町に編入された

こうした経過を辿ったあと一九五四年
大竹町・小方町・玖波町・栗谷村及び
友和村の一部（大字松ヶ原）が合併し
県内一〇番目の市として発足するのだが
決定までの道のりは平坦ではなかった
小方町が最後まで反対したからだ

三菱のおかげで経済的に恵まれていた小方は
町長はじめ町会議員にも反対派が多かった
市政実施研究会などは懸命に説得したが
反対派はすべて辞職　是非曲直の選挙の結果
賛成派が大勝して新市の誕生
すべては時の流れ　ただそれだけ

# ある会の分離独立

大竹地域の開業医は
一八八三（明治一六）年に
佐伯郡医師組合第三組合を組織　これが
佐伯郡医師会となり　郡の中心部で広島に
近い場所の　有力会員が運営してきた

昭和になると　郡西部の大竹・小方地区で
商工業が盛んになり　郡内での比重が増すが
広島に原爆が投下された時点での大竹地域は
行政も医師会も　町や村の集合であり
緊急時の対応には不十分だったであろう

戦後の混乱期が過ぎると
大竹町から小方村は大企業の誘致を試み
瀬戸内臨海工業地帯の優良児を目指し
一九五四（昭和二九）年　大竹市が発足
これに伴い　組織替えをした会は
少なくない　大竹市医師会の設立は
佐伯郡医師会からの分離独立であり
一九五六年八月　確認総会を開いて決定

私がこの会に入会したのは
一九八二年六月　医業開始は七月
それ自体が　すでに遠い昔

# 言葉が違う!?

広島から転居したのち
諸々の手続きを済ませ
医院と住居が完成して
従業員の面接をする日

私は彼女らの言葉に戸惑《とまど》った
広島弁とはどうも違う
呉弁と広島弁はほぼ同じ安芸《あき》弁　なのに
大竹弁がこんなに違うとは!?

近所の人が話すのを聞いて

岩国弁を感じたことはある
たとえば「している」が「しちょる」
「です」が「であります」　しかも
「あり」の所にアクセントがある
これは山口県東部・周防《すおう》の国の
医師で陸軍の創設者・大村益次郎が
使ったので陸軍語になった　あの
「あります」だ　納得したよ彼女らは
国立岩国病院看護学校の卒業生

古い大竹市民の眼差《まなざ》しは
広島側より岩国を向くが
逆に岩国は広島を目指す
県は明治政府の拵《こしら》え物だ

# Ⅱ　一種の祀る行為

# 翳りある祀《まつ》り

もろもろの街に
それぞれの存在理由がある
大竹駅の駅前には
「人の和と産業の街　大竹市」
と彫った石碑が建っている
確かにそうだが　住みつくと
その奥に翳りのある　秘かに
祀られている何かに
気付いてくる

# お墓参り

## みな消えていく

大竹市での開業・転居が
近づいた一九八二年の春　彼岸
呉市にある渡辺家の墓に参り
親戚の墓にも挨拶

少年の頃にはこのあたりで
昆虫採集などして遊んだものだ
そうした思い出も消えていく
いささか寂しい風が吹く

# 近状報告を兼ねて

渡辺医院の正面から見える小山の
麓の奥まった辺《あた》りに　近くの人たちの
墓も含めて　私設の墓地が作られている

妻の実家　大木家の墓所は
二カ所に分かれて建っている
中央手前は　家内の両親たちの墓
少し離れた所に祖父たちのもの

秋彼岸[*1]に「医院を護って下さい」と
いささか勝手な願いをこめた墓参り
報告・挨拶　といったほうが適切かも

帰りに景色を眺めると　真下には
渡辺医院があり　遠い海の手前に
三井や三菱の工場群や煙突が並ぶ

三井石油化学工業㈱には多くの名と
多様な業種が含まれ　大竹はその一部
三菱レイヨンも三菱ボンネルを作るのに[*2]
忙殺されたとか　みな忙しいのだ

「頑張りますよ」と墓のほうに叫ぶ

＊1　一九八二年秋のこと。
＊2　妻の玲子は当時、三菱レイヨン・ボンネルの通訳見習をしていた。

# 招魂社ハ影カ

大キナ神社ノ北側ニ
招魂社トイフ祀リノ場アリ
創建ハ一九〇六（明治三九）年
ナルモ　一九三四（昭和九）年ニ
現在地・白石《しらいし》一丁目ニ遷座*セリ
緑ノ樹々ヲ背ニシタ境内ノ前ニハ
次ノ如ク書キシ看板アリキ

《招魂社の神様は、日本の危難を乗り越える為に命を
捧げ、日本を守って頂いた最も身近なご先祖様……》

境内ニハ碑ノ林立アリ　一対ノ砲弾モ存ス
凱旋紀念碑ノ建立ハ一九〇〇（明治三三）年
権現山ノ麓ニ在リシモ　ノチ遷座
誠忠碑ハ一九一四（大正三）年ニ造ラレ
慰霊碑ハ一九六八（昭和四三）年ノ建立
慰霊祭ハ大竹市戦没者崇敬会ノ
主催ニヨリ毎年四月ニ執行

凱旋トイイ誠忠ト称スレド
死ニハ美ナシ　悲哀ノミカ
memento mori　死ヲ想エ
めめんと・もり　死ヲ想エ

＊　遷座＝寺院・神社の移転のこと。

# 氏神さん大瀧神社

氏神《うじがみ》さんと知らなくて
初参拝は開業三年後の
元旦　参詣の者は多く
社《やしろ》は予想を超え大きい

大瀧《おおたき》神社は西暦六〇四年
推古天皇の即位五年の建立
形を変えた四つの大鳥居と
巨大な五匹の狛犬の石像がすごい

主神は　多《タ》岐《キ》津《ツ》姫命《ヒメノミコト》

相殿《あいどの》は　宇迦之御魂命《ウカノミタマノミコト》　事代主命《コトシロヌシノミコト》
大山津見命《オオヤマツミノミコト》　金刀比羅大神《コトヒラノオオカミ》　住吉大神《スミヨシノオオカミ》
天鳥船大神《アメノトリフネノオオカミ》　まるで八百万《やおよろず》の神らしい

歳旦の他　二月は節分星祭り
四月は招魂祭　六月は夏越大祓
十月は奴行列　十一月は七五三
座地は白石一丁目　市の中心に近い

由緒ある経歴とは別に
海の神様　とも云われ
漁《りょう》をする人々の信仰が
厚く続いて絶えない

# 大竹海兵団ト周辺

太平洋ノ波イヨヨ高キ
一九四〇年　昭和一五年ノ一二月
大竹町ノ臨海部ニ呉鎮守府管下ノ
呉海兵団大竹分団ガ　設置サレタリ

一九四一年一一月　コレガ昇格独立
大竹海兵団トナル　新兵ハ此処ニ入団シ
数カ月間　基礎教育ヲ受ケルナリ

ソノ年ノ夏　海軍大将山本五十六《イソロク》ハ
岩国ノ割烹旅館・久義《クギ》萬ニテ作戦会議

「航空機ニ潜水艇モ加エ真珠湾攻撃」ヲ決定
当主ニ乞ワレ「凌雲氣《リョウウンキ》*」ト揮毫
一二月八日ハ騙シ討チニ非ズ　強襲ナリ

訓練ノ済ミシ海兵団員ハ　艦船兵ノ
補充要員トナル　ソノ総数ハ約一五万人
戦後ハ跡地ニ警察学校ヤ中学校　サラニハ
三井石油ヤ　ダイセル化学等ノ工場ガ造ラレル

「大竹海兵団跡之碑」ガ建ッタノハ
三井デュポン・ポリケミカルの敷地内
一九九一（平成三）年一一月ノコトナリキ

＊　久義萬は「凌雲氣」を扁額にした。この話を釘屋せつ子女将から聞いたのは一九九五年のこと。その後、久義萬は閉店した。

# 大竹潜水学校ノ存在

戦雲急ヲ告ゲシ一九四二年春
呉軍港カラ　海軍潜水学校ガ
大竹海兵団ノ溝一ツ隔テタ
北側ニ移転シ来タレリ

初メハ大竹分校　同年一一月
本校トナルガ　コノ旧海軍施設内ニハ
海軍選修学校　海軍兵学校大竹分校
大楠機関学校等モアリキ

大竹港ニハ　一五本ノこんくりーと製ノ

柱ニ支ヘラレタ探知講堂ガ　海上ニ在リ
ソノ底ニハ穴ガ開イテイテ　ソコカラ
そなー*ヲ降ロシ　艦船ノすくりゅー音ヲ
聞キ分ケル訓練ヲ行ナヘリ　ト

終戦ノサイ　コノ学校ハ廃止サレ
潜水学校ハ国立大竹病院ニナリ
二〇〇八年ニハ探知講堂ノ一部ガ
残サレもにゅめんとニナルモ
戦時回帰ヲ願フニ非ズ
平和希求ノタメナラム
メメント・モリ　死ヲ想エ

＊　水中の物体を、音波を使って探知する機械。

# 大竹のヒロシマの日（1）

大戦末期　大竹地域は
大竹町・小方村・玖波村などから成り
原爆に関わる相当の被害を受けた
一括して　大竹[*1]と呼んでおく

大竹の住民一〇〇〇人以上が
国民義勇隊や学徒動員の形で
主として家屋疎開の
建物壊しに駆り出され
広島市内において被爆し
多くが死亡して果てた

他地区出身の被爆者でも
陸路を徒歩で西へと逃れ
大竹で倒れた人や
海路を船などで運ばれてきた
被爆者を　住民たちは懸命に
救護したという

大竹市原爆被爆者協議会[*2]が
創立されたのは一九七一年四月一日
当初　会員数は約二〇〇〇人で創立
私が大竹市で開業したのは
八二年七月だから　当時のことは
よく知らないが　八三年一一月六日
原爆死没者追悼・平和祈念式典

と呼ぶ会を市内で初めて開催　別称は
「大竹のヒロシマの日」

この日　原爆慰霊碑の序幕もあった由
というより序幕日に合わせて祈念式典を
したのだ　したがって以後は原爆投下の
八月六日に挙行　いつしか私も参加
するようになったけれど　広島の式典に
参列した年もあるから　毎年
大竹の式典に参列したわけ
ではなかった

＊1　大竹市の誕生は一九五四年九月。
＊2　二〇二三年四月、名称を「大竹市原爆被害者友の会」に変更。

# 叫魂《きょうこん》の碑

大竹市内の原爆慰霊碑には
「叫魂」という字が台座に彫ってある
瀕死者の名を呼び　魂を呼び戻すことだ
大竹市原爆被爆者協議会が
寄付を呼び掛け　同市立戸《たちど》一丁目の
総合市民会館の前庭に建立

市内の彫刻家で広島県美展審査員
だった　三上良平氏が制作
仁王様のような父が怒りの声を上げ
天を睨み　地蔵様に似た子が父の足に

縋りついて　天を仰いでいる
被爆者の怒りと永遠の平和を
象徴的に表すような父子像

除幕は一九八三年一一月六日で
私が開業した翌年のこと
渡辺医院のある　立戸二丁目からは
徒歩で一五分　バスなら二つ目
背後にあるのは市立図書館で
私は　図書館にはよく行くから
八月六日の式典の時以外にも
あの怒りと平和の像は屢々見てきた
いろいろな想いが心を過《よ》ぎる

高さ二メートルの台座の上の

父親の高さが二メートルの青銅製の
あの像は　ヒロシマの空に気持ちが
繋がるように東を向いている由　叫魂は
「叫ぶ魂」「魂に叫ぶ」とも読めるそうだ
父親の姿からは「魂を呼び戻す」より適切
各種の想念が重なってもよかろう

いま頭上を米軍機が飛んでいる
「やめろ!」と叫んでみたい
そうした想いも代弁できないか
もちろんこの碑は反原爆の慰霊碑だが
「叫魂」は他にも対応できぬかと
想いは巡る　また巡る

# Ⅲ　これも仕事のうち

# 戸惑うばかり

引っ越しするとなれば
いろんな手続きが必要なことは
これまでの体験で分かっていた
転出証明に転入の書類……

勤務医が開業するのだから
これは重要　日本の医療行政は
県単位　幸い中学の同期生で
大学は法科だけど同期の男が
県庁の医務課にいたので大助かり
おかげで順調に進捗《しんちょく》

勤務医時代が長かったので
医師会内の顔見知りは少なくない
が保健所は難物　保健所ごとに
又は個人により方針の違いがあるらしい
女子の和式トイレは　しゃがんだままで
手が洗える位置に水道の蛇口を作れ
との由だが　その意義は今でも分からぬ

ともあれ開業時に　保健医療機関
国民健康保険療養取扱機関
被爆者一般疾病取扱診療所等の
指定を受けたが　これからまだまだ
増えそうだ　やれやれ……

# 阿多田島《あたたじま》の校医

学校医担当の副会長から
「阿多田島の校医を頼みます」
という電話がかかったのは
開業して一ヵ月余りの八月初め
今年は途中からなので臨時扱い
来年は正式の委嘱状を出す由

阿多田島は小方町に属し
山口県との海上県境近くに在り
厳島から南四キロで　小方港と
阿多田の本浦港間は一二キロ

ハマチや牡蠣を養殖し　釣り場
としても名を知られているらしい
離島で人口約四六〇人とか

初仕事は就学時健康診断
一〇月一四日の三時二〇分から
阿多田小学校で行なうとの通知
就学予定児は三人だけど
内科・脊柱など私が一人で診るので
市の保健師さんも同行
歯科は先生が自家用船を運転　助手も
乗せて行くから　スタッフの方が多い

少子高齢の貧しい離島――
そうした想像をしていたから驚いた

三時一五分に港に着いて眺めると
家並みが小綺麗なのである
坂道をちょっと登ると小学校
これがまた近代的で窓は二重ガラス
健診はすぐ済んで　三時五〇分
阿多田発の船で帰院

予防注射の際などは時間をかけるし
人数も三人よりも多いのが普通
三時五〇分は無理で六時発で帰る
待ち時間に聞いたところでは
岩国米軍基地のジェット機の騒音の
補償金による二重ガラスだった

# 広島が尾を引く

## 書くことは止められず

大竹市で開業してからも
続けていたものの中にあるのは
月一回第三木曜の一八時からの
広島県医師会広報委員会
旬刊として　五の付く日に発行する
『広島県医師会速報』の記事を
予定・編集し　委員数名が交代で
「編集室」というコラムを書く
最終執筆の題は「放射線と産業医」
一九九八年一月二五日号だ

# 反核戦争への想い

核戦争防止国際医師会議（ＩＰＰＮＷ）につき
書き始めたのは一九八〇年　広島にいた頃
入会は一九八五年　すでに大竹で開業
していたが　ストックホルム　メキシコと
世界大会に出席　その日本支部（ＪＰＰＮＷ）の
理事になったのは一九九八年四月　一二月には
メルボルンでの世界大会　以後もあちこち
二〇二三年四月末には　ケニアのモンバサで
第二三回世界大会　これはＷｅｂ参加
八月一〇日の日本支部総会もＷｅｂ参加
なんとか役目が果たせるだろうか

## その後のジュノー記念祭

廃墟のヒロシマに　一五トンの
医薬品を届けたジュノー博士を
顕彰する記念祭が始まったのは
一九九〇年六月　その後も毎年
六月に続けているが私はなぜか
閉会の辞を述べる役が多かった
第六回・第一〇回その他数回で
開会の辞は　実行委員長だから
どうやら裏方的スタッフらしい
動けなくなっても会員は続ける

# 血圧は自分で測れ

「働きざかりの心と体の総合雑誌」
と銘打った医術雑誌『壮快』の　発行は
講談社　創刊は一九七四年一〇月号
一〇五歳で昇天した日野原重明博士は
「血圧ぐらいは自分で測れ」と書く
最近は　自分で血圧を測らす病院も
そのうちに診断は　ロボットと相談して
「自分で決めろ」ということに
なりはしないだろうか

# 『醫の道』と「ロンちゃん健康情報《ヘルス》」

このところ　一般読者向けの医術雑誌が　いろいろ出版されるようになったけれど　私にもっとも関係が深いのは『醫の道』という月刊誌　神田駿河台の　医療情報伝送センター出版事業部の発行だ《医師と看護婦さん　患者とその家族の皆さんとの明るくて楽しい実益情報に満ちた　双方向タイプの新しい　ビジュアル・コミュニティ誌です》という　謳い文句が付いている　一九八五（昭和六〇）年に創刊され　その一一月号（第1巻第8号）に　「医療最前線——個人携帯用自動心電図記録システム」という　四頁ほどの欄があって　広島県医師会の仕事が紹介されていた　ホルター型心電図の話である　顔を出しているのは　県医師会臨床検査センターの　理事と検査部長　それに開業医の私　小さな渡辺医院の全景と　予約の

白板も載っていて「患者が殺到」という説明まであるのは　どうも面映ゆい　現在なら「患者さんが」と書くところだろうが　当時はまだ「さん」とか「さま」などは　付けないほうが普通だったからお許し願いたい　それに当院は　患者さまが殺到するほど流行《はや》ったことはない　だから　これもオーバーな表現ミスだが　納税額が変わるほどの事ではないから　大目に見て頂くことにしよう　脱線してしまったが　この心電図検査には　あれこれ　付帯事項というか関連した思い出がある　たとえば　このホルター型心電図検査の導入に関していえば　広島県は全国二番目のスタートだったが　独自の活用システムとして紹介されたわけである　なぜ私の名が入ったかというと　『MEデータブック　第3巻　米国地域医療システム及び医療情報処理編』（フジインターナショナル　一九七四年八月）という高価な本を分担執筆で上梓していたから　専門家臭くみえたのかもしれない　MEとは　メディカル・エレクトロニクス（医療用電気器具）の略だ　私は東洋工業㈱従業員健診のための　心電図

自動解析システムを作り　開業後もしばらく　チェックのため広島へ通っていたから　県医師会臨床検査センターとの連絡も割と緊密で　『醫の道』とも密だったが　これには後日談もある　すなわち翌一九六一年二月に　ＴＢＳ映画社と東京放送が制作し　全国三三局ネットで流す「ロンちゃん健康情報《ヘルス》」なる番組の一〇五号にゲスト出演することになり　レポーターをはじめとするスタッフが二月二〇日（木）に来院・撮影・収録し　三月二二日（土）七時半から放映したのだ　内容は『醫の道』で紹介されたものと大同小異だが　多くの患者さんにエキストラとして　協力して頂いたことに多謝　実際に器械を装着したのは　渡辺医院に通院中の患者さん大竹市内にある鉄工所の社長さんで　そのとき使ったシナリオには実名も書いてある　かなりのちに逝去されたが　とてもいい人で社会的にも　惜しまれる人だった　再び　メメント・モリ　死を想え

# 産業医と職場

産業医という言葉　いまでは
校医・警察医と同じように
なんとか通用するようになったが
開業当初は馴染みが少なかった

開業前に勤務していた病院は
従業員数が二万人を超す自動車工業の
付属病院だったから　専属産業医がいて
関連スタッフ十数名が別棟で執務

病院のメンバーだけど　私は

心電図検診の自動化をしていたので
産業医に関心を持ち　資格を取る
産業医の会で大竹市の医師会長に遭う

その会長は三菱レイヨンの産業医
これが大竹で開業の遠因になり
塗料会社や関連企業の産業医　さらには
市役所にも　その席を得た私は
上・下水道やゴミ焼却場にも出動する

そのうちに原子力発電所の事故が
多いのに気付く　産業医は何をしている？
この世の制度は抜け穴だらけ

## 労働衛生コンサルタント

いくらか世に知られだした産業医
に比べると　働く人の健康を守るという点
は似ているけれど　労働衛生コンサルタント*
略して「労衛コン」とは　何だろう?

定義的にいうと労衛コンは
《他人の求めに応じ報酬を得て、労働者
の衛生の水準の向上を図るため、事業場の
衛生診断およびこれに基づく指導を行う
ことを業とする》となっている　産業医
を指導することも　有り得るわけだ

そこで労働衛生コンサルタント試験の
保険衛生部門に　チャレンジしてみたものの
数え年五〇歳だから　いささかシンドイ話
数名の試験官に囲まれて質問された時には
悲鳴を上げそうになるが　一九八〇年三月に合格
ただし　二年後に内科小児科の医院を開業したので
労衛コン事務所は　幻と消える

勉強したことは無駄だったのか？　いや
そんなことはない　得たものは理想主義だ
儲けない・儲からない医者への共鳴だった
それは　ある種の自信に繋がるのだった

＊　工学系の労働安全コンサルタントもある。

# Ⅳ　文化面での記憶

# 水は川へ海へ

中国山脈の西　谷間の水は
芸防の境　木野《この》川＝小瀬《おぜ》川
となり　河口から遡《さかのぼ》ると
木野の渡しがあった

ここでは時に乱闘が起こる
灌漑用水の配分を巡っての
水争いが絡むこともある
が　禍福は糾《あざな》える縄の如し

川の大竹側では手漉《てす》き和紙

木野の両国橋付近では雛流し
が　河口近くの白魚漁は
どうやら最近　不漁続き

南方からの引揚げが済むと
瀬戸内臨海工業地帯の花形石油
コンビナートの銀色パイプは
川を跨いで岩国と繋がる

嫌われ者の化学工業は
空気汚染に水質汚染
やがて斜陽になるのだけれど
水は海へと流れ行く

# ある吟行

広島県と山口県の境には
二つの名を持つ川があり色々な
事件　物語を思い出させる

その県境の川を巡って創生俳句会の
吟行があったのは二〇〇五年　平成一七年
三月六日の日曜日　この句会は大きく　私が
属していたのは「太田川俳句会」だから
つまりは　太田川俳句会三七名の吟行*
白魚漁は潮の加減でダメ　漁用の梁《やな》と　石油の
三井化学岩国大竹工場のパイプが川を跨いで

両県を繋いでいるのが見えただけ
それでも皆さん何か書いている　私も記す
「幻のシロウオ食《は》みて酔ひにけり」と

雛流しでは　雛や舟の作り方から体験
手漉き和紙の里では伝統の実演を見学
これらは作句の対象になり得た筈

その後私は伝統俳句から現代俳句へ
さらに前衛の第二次「未定」へと移籍
「幻…」の句は写生でないので未発表
最近は伝統の味も分かりだした次第

＊　この日の天（第一位）は創生俳句会の現代表・山口美智さんだった。

# ひなながし

まいとし
もものせっくちょくごの
にちようびに　ひろしま・やまぐち
りょうけんのさかいをながれるかわで
おひなさま・おだいりさまを
かたどった　かみのにんぎょうを
おしき[*1]　という　かくぼんに
はりつけたり　さんだわら[*2]　とよばれる
わらのふねにのせ　おそなえものと
いっしょに　かわにながします
おんなのこのやくよけや　しあわせを

いのるためのもので　ひなまつりの
はじまりだ　と　いわれています
へいあんじだいから　おこなわれていた
ようですが　ざんねんながら
だんだん　すくなくなってきました
かわのおおたけがわでは　よんかしょから
ながせますが　りょうごくばしの
かりゅうがわが　おもなかいじょう
そのありさまが　めのうらにありありと
よみがえってきます

＊1　折敷。檜の片木（へぎ）を折り曲げて縁にした角盆。
＊2　桟俵。米俵の両端に当てる藁で編んだ円いふた、流し雛を乗せる舟にも使われた。

# 手漉《す》き和紙の手描き鯉のぼり

いろいろな土地に　それぞれの
特産品があり　昔のままを伝えるものも
少なくないが　時代により変わるものもある

手漉き和紙自体は
あちこちで作られており
安芸《あき》では周防《すおう》との境　大竹が盛んだ
戦国末期から始まったらしい

広島藩における紙や楮《こうぞ》の生産は
当初は米とは異なり自由にされたので

農家婦女子の副業として広まり一時は
軒並みに手漉きをする家があったという
オーバーだが盛況だったことは間違いない

ところが一六四六（正保《しょうほう》三）年に
紙方役所が設置され　統制経済となり
一七〇六（宝永三）年には　城下に紙座を
設け専売制　官印のない紙の売買は禁止
農民は抜け売買などで抵抗したものの
生産意欲を失い生産高は減少してゆく
が他方　紙製品の改良も行われ
鯉のぼり用の紙も作られるようになる

鯉のぼりの発端は　江戸の武家文化
五月五日の端午の節句　またの名を

菖蒲《しょうぶ》（尚武）の節句　を中心に男児の
健勝を念じていたのが　町民社会にも
浸透し　やがて全国に広まった

かくして大竹地方の一部農家では
手漉きの和紙で作った鯉のぼりに
当然ながら手で彩色をしていたが
文明開化は紙作りを機械化させる

一九〇九（明治四二）年には
伝統に抗し芸防抄紙㈱が機械漉きを始め
一九五八（昭和三三）年には
日本紙業㈱の工場が　誘致される

戦後は　大量生産大量廃棄の時代

手漉きが機械漉きに迫害され　紙がナイロン
という新しい素材になって　落ちぶれた
彩色も機械がする　大量生産も可能だが
手漉き手描きも見直すべきだろう

手漉きは　楮一〇〇％の原料にトロロアオイの
根から取った「ネリ」を加えるのだが　市内に
まだ　それらを栽培している場所があったのだ
近年　楮の脇芽を茶にするカフェも現れ別進化

が　手描きには一人の女性が大きく貢献
彼女は女学校の時　建物疎開に動員され被爆
戦後　彼女の絵を見た教師は美術大学を薦めたが
原爆死の母親に代わり　弟を育てねばならぬ
父親は生きるのがやっと　進学などは言えぬ

彼女は　手漉き和紙の協同組合で働きだす

組合の理事長は　鯉のぼりを作っていた
それを手伝っているうちに　腕を上げ
理事長が死んだ時　自分の仕事だと決心
が　大竹は瀬戸内海石油コンビナートの一環
として工業化され　手漉きの水は工業用水に
手漉きをする家は激減　協同組合は解散
彼女の夫は　手漉き保存に尽したが病に倒れ
すべてが彼女の肩にかかるが　負けるものか

広島カープが初優勝した一九七五年
二〇メートルの鯉のぼりが作られた
二〇一二（平成二四）年五月下旬　大竹市で
「手漉き和紙の手描き鯉のぼり」の展示会

一八年に弟子が継承し「ひろしま鯉のぼり」
の名が流行る　さあどうなるのか?

いつの頃からか大竹駅の
改札口横に郷土物産用ケースがあって
小さな紙の鯉のぼりが展示されていた
その駅は令和の時代に入ってから改修
橋上駅舎と東西出口を結ぶ通路ができると
通路の側面にケースがはめ込まれ
手漉き和紙や手描き鯉のぼりの
展示が　伝統を告げるように
誇らしげに並んでいた

# 石本美由起の跡をたどる

戦後の流行歌界を飾ったものとして
石本《いしもと》美由起《みゆき》作詞の「憧れのハワイ航路[*1]」があり
のちには美空ひばりの「悲しい酒」そして
「矢切の渡し」など　三千五百曲

その美由起　本名美幸は立戸《たちど》の産
一九二四年生まれ　やがて大竹市名誉市民
一九八七年には　作詞生活四〇年を記念して
亀居公園に　七つの歌碑を含む「詩の坂道」

初めてお目にかかったのは一九九六年

『泉――次代への贈りもの』[*2]に書いた一文が縁
それを読んで便りを下さった　妹さんが近所にいて
レコードや作詞の関係者が　よく出入りしたものだ
一九九七年春　「地元立戸歓迎会」が開かれた

大竹市制四五周年では　彼の「いざいざ共に」を
市民歌に制定　その後の新年互例会で斉唱
レコード大賞　勲三等瑞宝章など　賞章多数
日本作詞家協会会長　日本音楽著作権協会理事長
など肩書も多かったが　二〇〇九年永眠

温厚な人　で　ありました

＊1　近所には戦前ハワイから帰国した人もいた。
＊2　「医師として作家として」（星文社、平成五年十月）。

# 大好き大竹の大使

大竹市が　市の魅力を
拡げてくれる市出身者に
「大好き大竹応援大使」の
名を付け登録*することにした

「自称大竹観光大使」などと
お笑いネタでＰＲ役を訴えた
同市玖波出身の若い芸人
ゴッホ向井ブルーさんの発案に
市が応えた　というところか
かれが就任の第一号

第二号は　さて誰か
それは市出身のプロダンサー
米ニューヨークで活動中の
三宅由利子さんが就任

就任などとはオーバーな
任期はないけど報酬もない
同市の企画財政課は在住者も含め
「よい人を推薦して欲しい」
と　勧誘体制を敷いて
いるそうな

＊　二〇二一年四月の話

# こんな「吸血劇場」も

日本探偵作家クラブの第四代会長
渡辺啓助に「吸血劇場」というミステリがある
単行本にもなっているが　初出が分からない
ところが二〇〇一年　つまり平成十三年六月十日の日曜日
たまたま横浜で「幻の新聞展」を観ると　驚いたことに
「吸血劇場」を載せた『夕刊ひろしま』が出品されている
だがなんで広島の新聞を選んだのだろう？　渡辺家は
東日本の産だが九州帝大在籍中も八女中学の教員時代にも
山陽本線経由で　関東との間を移動していたはず
途中で広島に立ち寄ったかもしれない　詩人でもある彼は
「原子病風景」という作品も残してはいるけれど

あれこれ言っても「吸血劇場」の粗筋が分からねば
読者には　何のイメージも湧かないだろう
あの新聞は　広島の公文書館が持っていたのだ
あの作品が連載されたのは一九四八（昭和二三）年
四月一六日の金曜から六月三日の木曜まで四八回
それでは　内容を少し述べておこう……

*

焼け野原の隅の場末にある
チャチなアパート鶯春荘を
色眼鏡をかけた闇屋風の男が探している
ボルネオ帰りの鳴木三平という男

白米を手土産に　戦時中ボルネオで

一緒に働いていた　印南アケミという女を
尋ねて行くと　彼女は警察へ呼ばれていた
彼女が勤めている皆美座のナンバーワン
日高月子が　アケミの部屋で殺されていたから

月子が殺されると　一座の会計をしている
星野念一は「月子を殺したのは私ではない」と
泣いて訴えた　彼は月子に惚れていたのだ
サキソフォンの名手だった星野は　かつて
ニューギニア戦で片腕を失ったので　いつも
インバネスを着て　それを隠している暗い男
だが他にも怪しい男は　たくさんいた
演出の白根安成　バンドマスターの千本正雄
二枚目の天宮寛　支配人の奈良五郎など

警察から帰ったアケミは　同僚の
港春江の部屋に寄るが　その間に
アケミが鏡台の中に入れておいた　黒ダイアが
なくなっていた　彼女はそれを安物の
イミテーションだと思っていたが　じつは
ブラック・バタフライ「黒い蝶」という
死を伴うイワクつきの逸品

そのうち一座は　ドサ回りの旅に出て
ある漁師町で　ヤミの女を扱った「処女獣」
という芝居をすることになる　そこで前日
アケミと春江が　劇場の下検分に寄ると
星野に似たインバネス姿の男がいたので　二人は
ひどく怯えるが　やがて初日の幕が開く

ガード下の美女　エンゼルお菊を演じるのは
港春江　もう一人のボルネオお蘭がアケミ
ルンバ風の音楽にのって　派手に踊るお菊
彼女は処女のまま男たちを　誑《たら》しこんでいく
そうしたお菊をお蘭は憎んでいた　シナリオでは
お蘭はお菊をピストルで射殺するのだ　ピストルの擬音
と突然　お菊を演じる春江が首を刺されて絶命
凶器はクリスという　南洋で使う諸刃《もろは》の短剣
ここで　鳴木三平の推理が動き出す――

皆美座は南方からの帰還者が作ったもの
したがってクリスは　たやすく手に入るはず
もう一つのカギは　あの黒ダイアの秘密で
これはカルカッタの貿易商夫人や旧ロシアの
皇女などに不幸を撒いてボルネオで一旦消えるが

単なる記念品として持ち帰ったアケミと
黒ダイアの秘密をある程度は知っていて　彼女に
言い寄った者は　何らかの下心があるのではないか
怪しいぞ　登場した男五人のうち最も怪訝《けげん》な
星野はアケミでなく　月子のほうだから
これは除外してよいだろう　彼自身うさん臭い
三平は「あなたは狙われている　気を付けろ」
と　アケミに告げ犯人を三人に絞る
あのさい擬音を担当していたのは演出の白根
だがクリスを使って春江を殺した証拠はない
バンドマスターの千本も　支配人の奈良も
やはり多少は怪しいのだ　じっさい三平は
すでに真犯人を割り出しているらしい
だが残念なことに探偵小説だから　犯人の名を
ここで出すわけにはいかない　その代りに

最後の部分の描写にて　ご勘弁願いたい

海辺で三平がアケミに　事件の謎解きを話していると
こちらへと歩む人影がある　あまり怪しくなかった紳士だ
周囲を警官が遠巻きにしている　彼は三平に告げた
イワクつきの逸品ブラック・バタフライを狙ったのは
「虚無主義者王国のための資金集めだったのだ」と
そして彼は近くの崖ぶちへ近づき　振り向いた
首のあたりで光ったのは　あの黒ダイアかもしれない
次の瞬間　彼はもう渦潮に飛び込んでいた

＊

その後かなりの月日が経った二〇一〇年六月四日
末國善己氏*から　メール便速達サービスが届く

札幌市の「北海タイムス」内「サンデータイムス」に
一九四八年八月八日号から一〇月一〇日号まで一〇回連載された
「吸血劇場」の資料で　「夕刊ひろしま」と同じ内容
他の地方紙への同時掲載は確定したが「吸血劇場」という
建物等は　どこにあったのだろうか?
劇団・皆美座は　南方から大竹港に帰った引揚者の一部が
作ったもので　ドサ回りの旅に出て「処女獣」を
演じた漁師町を　大竹から二駅広島寄りの大野浦に
設定すると　なんとか辻褄が合いそうだ
手前勝手な改作偽作　お許し願いたい

＊　広島県生まれのミステリ・時代小説を中心とした文芸評論家、アンソロジスト。

# 大竹漢詩会の展示

近くの「ギャラリーおおたけ」にて二日間
大竹漢詩会の「やさしい漢詩展」が催されき
会期中に上村竹山代表の　漢詩の作り方教室も開催
彼が会を始めたのは二〇〇六年　平成一八年の五月
上村代表ご自身は詩吟から入られたものの
書道など近接文化への関心もつよく　漢詩発表も
会員夫々《それぞれ》が作った詩を　絵や写真に配し
掛け軸や額に納めて展示するという方法を採れり
大兄は拙宅に来られたこともあり　我が主宰の
『ＳＦ詩群』二〇一九年版には　漢詩を寄稿頂けるも
我は「楓雅之朋」に属しおり　彼の会には入会せず

お詫びかたがた　大竹関連漢詩を以下に示さむ

稱大竹周辺之竹　　大竹周辺の竹を称ふ

「楓雅之朋」第二四二號（二〇一八年三月）

龜居城趾野筠生　　亀居城趾は野筠《やいん》生ぜり
山麓修篁隔陌甍　　山麓の修篁《しゅうこう》陌甍《はくぼう》を隔つ
宇宙蒼然郷土緑　　宇宙は蒼然《あおく》郷土は緑ぞ
清姿肅肅示堅貞　　清姿《せいし》は粛粛《しゅくしゅく》堅貞を示す

＊　野筠＝のたけ、野生の竹。修篁＝整った竹藪。陌甍＝まちのいらか。清姿＝清らかな姿。粛粛＝しずかなさま。堅貞＝心が硬くて正しい。

# 短歌は身近に

母親は昔の短歌誌『青炎』の会員
見よう見まね　という処だろうか
忘れてはならない　重要な問題を
短歌・俳句的にメモする癖がつく

開業した大竹医師会では
二人のすぐれた歌人に逢えた
一人は古吉副会長　医師会を超え大竹市の
短歌会代表を務められた　男歌である
もう一人は三井石油化学㈱の高田衛生管理室長
短歌誌『高嶺』の運営委員もしておられたが

一九九一年　産業医大教授になられた
私は市医師会誌の編集委員をしていたので
取材で医師夫人を訪ねると　すごい歌人にも出逢えた
この人たちは　みなお師匠さんだ
そこで創立五〇周年の二〇〇五年に詠んだのは

　はるけくも半世紀をば歩み来し大竹医師会すこやかに在れ

という駄作　これじゃあ少し恥ずかしい

本格的に超結社集団で
短歌の訓練を始めたのは
二〇一二年になってからの
ことであった

# 大竹市と廿日市《はつかいち》市

平成の大合併があった二一世紀初め
大竹市は　廿日市市との合併につき
選択を迫られる　当時の豊田市長は
合併の意向だったが体調不良　次の
市長選には立たず中立　反合併派の
N・Hは草の根運動　岩国市と合併
という懸案もあったが選挙に勝って
第四代市長　だが合併した大野町の
道がよくなるので賛成派は怨嗟の声
県も市もない昔のほうがよかったか

# 大田洋子と玖島《くじま》

広島市白島九軒町の
妹の家で被爆した大田洋子は
川辺で野宿したあげく故郷の
佐伯郡玖島《くじま》＊1村に辿り着く

そこは広島より大竹からが近い
合併していたら　なお近かろう
そこには大田洋子の遺跡も多い
資料を探しに　よく玖島へ行く

小学校には洋子の『屍の街』の

一部を彫った　記念碑もあるし
その小説を書いた旧松本商店や墓もある
その地の地方公務員の中に　洋子生前の
全著作を集めた人[*2]がいて　私を
洋子研究へと　引きつける

二〇〇九年六月　佐伯文芸クラブが
玖島の公民館たる玖島市民センターで
文化講演会「大田洋子を語る」を開いた

二〇一一年七月には　はつかいち平和の祭典に
広島市立舟入《ふないり》高校が「夕凪の街と人と二〇一一」
の公演を　廿日市市さいき文化ホールにて

二〇一八年一二月には　廿日市市の

四季が丘市民センターで代表作「屍の街」の抜粋や
短編「ほたる」を「ひろしま音読の会[*3]」が朗読

だが大田洋子は　まだ顕彰が足りない
『定本大田洋子全集』は出せぬものか
秘かに念じている老人が　ここに居る
見ねば　成仏できぬ者が　ここにゐる

＊1　現在は廿日市市玖島。
＊2　名前を出せば平本伸之氏、現在は佐伯支所の主幹。
＊3　現代表は佐藤千佳砂さん。

# 大竹祭り大行列

秋は祭りの季節だ
各地でいろんな祭りがある
大竹で記憶に残るのは
奴《やっこ》たちが練り歩く大行列
「アヨーイナ」「アイヤーサノサ」

JR大竹駅を起点に発する
飾り山車《だし》も大きな見どころ
市内六地区の自治会が　毎年
趣向を凝らして作ってきた
戦国武将を扱うことが多かった

前夜祭は大竹小学校の
体育館で行われて
和太鼓の演奏や神楽を奉納する
ドンドン　ヒャララ　ピー　ヒャララ
そして当日は例年　沿道に
約一万五千人の観客が
胸をわくわくさせて集まるのだった

だが新型コロナウイルス感染症が
すべてを壊してしまった
最盛期を過ぎても行列の人数が少ない
何時になったら　元に戻るのか
大行列よ　復活しろよ

# 大竹のヒロシマの日（2）

毎年　総合市民会館の前庭で
開かれる　原爆死没者慰霊祭
通称「大竹のヒロシマの日*」は
意識の中で大きな重みを持っていた

開業したての頃は　わりと
まじめに毎年参列していた
『核戦争防止国際医師会議私記』を
刊行した二〇一六年頃から　招待状が
来るようになった　その年の
八月六日の土曜日も暑い日だった

大竹市原爆被爆者協議会が主催し
大竹市と大竹市教育委員会が共催する
第三四回原爆死没者追悼・平和祈念式典は
朝八時から八時四五分まで　例年のごとく
「叫魂」の碑前で行なわれた

これまで司会は　年配者がしていたが
このたびは広島県立大竹高等学校の
二年生二名が行なった
私はなんとなく　ほっとした

＊　慰霊式典を文化面の章に入れるのは不謹慎かとも思ったが、政治臭を除外する意味もあるので、ここに入れさせて頂く。

# Ⅴ　別の面の叫魂《きょうこん》と希望

# 繁栄の虚夢

敗戦の頃をご存知か？
都市は爆弾の雨を受け
終戦になると道の辺《べ》に
傷痍軍人や戦災孤児…

そもそも戦後の繁栄は
ほんとに嬉しい正夢か
一九五六年から水俣《みなまた》で
繁栄の陰に患者が泣く

潜在的ではあるけれど

大竹の海も　化学汚染
夢の　瀬戸内工業地帯
或は石油コンビナート

二〇一一年は福島浜通《はまどおり》
原発事故が起きました
山口県は東部の上関町
原発の設置が　進行中

原発なしのつつましい
生活を選ぶは間違いか
原発は増え　次は原爆
それは　危ない逆夢か

# 天に向かって不正を告げよ

この世の中には　人の世には
罰せられることなく生きている
犯罪者がいる反面　その裏で
無実の罪を被って死ぬ者もいる

政治の世界は　ことさら多い
政治家の群は　ことさら酷い

近畿財務局の赤木俊夫氏は
森友学園への固有地売却を巡り裁決文書
の改竄《かいざん》を強要され　うつ病を発症

二〇一八年三月七日　自宅で自殺

病死なら死亡診断書ですむが
自殺となると　死体検案書
私が開業中に書いた死体検案書は二通
一人は自殺　もう一人は家人が知らぬ間の死
森友事件のような　複雑な背景はない

赤木氏の妻は　当時の佐川宣寿理財局長に
慰謝料等を求めて裁判を起こしたものの
背後に元総理のいる佐川氏は咎められない
それでよいのか　メメント・モリ
叫魂《きょうこん》よ　天に向かって告げよ

# 国葬反対！

すべての国葬に反対じゃないが
安倍さんの場合は　疑問が多い
西園寺《さいおんじ》公望《きんもち》公爵*の時は　九歳で
まだ意味がよく分からなかった

吉田茂の場合は戦後の荒廃期を
何とか乗り切った功績は
大きいけれど　「バカ野郎」解散が
国葬に値するとは奇妙な話

もともと国葬は権威主義の化け物

権威のもとで権力を培う子分たち
安倍晋三を祀り上げ
権力基盤を築くつもりか

安倍元首相には汚点がいっぱい
森友・加計学園に桜を見る会
ロシア外交では虚仮《こけ》にされた
統一教会との繋がりはどうだ？

が　現首相は急いで国葬を決定
保守派の意見だけで一六億円は
高すぎますよ　私はやはり
この国葬には大反対！

＊　公家・政治家・教育者で一九四〇年一二月に日比谷公園で国葬。

# きれいな海はわが命

むかしの海は　澄んでいた
魚がおよぎ　藻がゆれて
そこはみんなの　遊び場だった
Keep the sea clean!
きれいな海を　そのままに

大人になった　その頃も
魚は群れて　貝も棲み
そこは長らく　仕事場だった
Keep the sea fertile!
ゆたかな海よ　とこしえに

遠くの県*の　ことだけど
原発が建ってからというものは
すべてが地獄へと　向き動く
地震と津波が来たときは
建屋は壊れ　水素爆発
多量の放射線が乱れ飛んだ
核物質の半減は遙か未来
壊れた原子炉のトリチウム
その汚染水に手を加え
処理水とかいう名を使い
政府は海へ流そうとするが
これは原子力委員会決定違反
ではなかろうか　あるまいか

色も臭いも　ない核は
すぐに世界を　汚すだろう
やめよ海への　疑問水投棄
Keep the sea clean again!
きれいな海を　いま一度

＊　東電福島第一原発事故の汚染水が念頭にあるが、水俣等の化学物質による海水汚染も同様である。大竹も化学物質に汚染された時期があり、南西の山口県上関には原発が設置されようとしている。

# おお『広報おおたけ ＯＴＡＫＥ』

この年　二〇二〇年は被爆七五周年
あれこれ有意義な催しが企画されていたが
新型コロナウイルス感染症が猖獗《しょうけつ》を極め
多くの行事が規模を縮小・変更した
が『広報おおたけ ＯＴＡＫＥ』は
広島平和記念資料館初代館長・長岡省吾を
大きく取り上げ　その中で天瀬裕康が書き
二〇〇九年の『広島文藝派』に発表した
長岡館長を主人公にした戯曲
「石を集めて」を詳述して下さった
まことに　有り難いことである

# 大竹のヒロシマの日（3）

申し訳ないことだけれど
年とともに　歳とともに
八月六日の式典への足が遠くなる
「大竹のヒロシマの日」のことだ

大竹市原爆被爆者協議会*は
一九七一年に創立されたそうだから
二〇二一年で五〇周年か　この間
二〇一〇年には式典が協義会単独から
大竹市及び大竹市教育委員会との共催
市内小中校生の代表が参列する由

二〇二〇年は　新型コロナウイルスが
猛威を振るうため　参列席を半減
仕方がないけど　叫魂の碑のお父さん
コロナにも睨みを利かして貰えませんか

喜ぶべきは　被爆二世の加入が多いこと
会長はすでに二世の時代　これなら
先細り消滅はないだろう

広島へ転出と決まった年も　参列せず
強い腰痛　歩行困難があったとはいえ
まことに申し訳ございません

＊　二〇二三年四月、名称を「大竹市原爆被害者友の会」に変更。

# 大規模買収を拒否

自由民主党は二〇一九年早春
七月の参院選広島選挙区公認候補を
元県議のK・案里《あんり》とし　夫の衆議院議員
K・克行《かつゆき》に多額の選挙資金を渡す

これは買収原資となりはしないか
克行は三月から公職者に金をばら撒く
が　敢然と突き返した人もいた
たとえば第五代大竹市長のI・Y！

予定の如く七月に案里は当選

克行は十月に法務大臣として入閣
しかし週刊誌が　選挙違反を報じ
二〇年六月には東京地検が克行を逮捕
この裏では司法取引があったらしい
が　受け取った側にも逮捕が出る
「強要されやむなく現金を受け取った」
などと女々しい証言も漏れるので
再び云おう「突き返した人もいる」と

K・克行氏は　百名弱に二千万円余を
渡したとして　懲役三年の実刑になるが
この事件は　まだ別の切口がありそうだ

ともあれ大竹市民は　突き返した市長を
誇ってよいのでは　あるまいか

# 下瀬《しもせ》美術館の美

美術館が建つ　という噂を耳に
したのは　四〇年住んだ土地を去り
広島市に転居する少し前のこと

場所は晴海《はるみ》という商業地区の端っこ
晴海臨海公園の北隣で眺めはいいが
少子高齢・転出の多い人口減少の街だし
新型コロナは猖獗を極め　ロシアの
ウクライナ侵攻が始まった物騒な世の中
「何時《いつ》になることやら」と思っていると
二〇二三年の早い時期に出来上がった

内覧会は二月七日　オープンは三月一日

その下瀬美術館なるものは　広島市の
建材製造の丸井産業を創った　下瀬家が
収集した品を展示する民営美術館
海外でも活躍している建築家の坂《ばん》 茂《しげる》氏が
「アートの中でアートを見る」を
コンセプトとして　四・六ヘクタールの
東京ドーム級の敷地に設計した美的空間

受付やカフェのある平屋の
エントランス棟や企画展示棟
メインの企画展示室は可動壁で仕切られ
さらに収蔵室もある二階建ての管理棟
八つの箱型の可動展示室は坂茂氏が

瀬戸内海の島々から着想したもので
水盤の上で動かして配置を変えられる――

これらは紹介記事で読んだもの　私がじっさいに
行って観たのは　開館月の月末近い菜種梅雨《なたねづゆ》の
合間の　曇りがちな金曜日のことだった

JRの大竹駅からシャトルバスで　十分ほど
走ると　あまり高くない建物が見え　不思議
なことに　外側の壁に海や山の風景が映っている
表面にミラーガラスでも使ってあるのか　美術館
そのものを　自然の中に溶け込ませるのが狙いだろう

楕円形をしたエントランス棟に入ると
開放的で妙に明るい空間が待っていた

そこは　木の幹から枝が広がるような
柱と梁が　奇妙にデザインされている
そこから企画展示室に続く渡り廊下は
可動展示室などを見ることができるが
その外側がミラーガラスになっている

一度外に出て　美術館の一部をなす
広大な庭園をちょっと見てから中に戻り
開館記念展の「おひなさまと近代美術」を
企画展示室における人形展から観てまわる
七世・大木平藏の作品は　雛人形を中心とする
節句人形の他　能人形や雛道具など多彩だ
その後　四角い大きな箱の可動展示室へ
第1室は「桜を愛でる」で平藏の作品の他《ほか》

向井潤吉・加山又造・西田俊英の絵
第2室はエミール・ガレのガラス作品
第3室は加山又造で第4室はマイセン窯と
ルオー、マティス、シャガールの油彩
第5室はガレの花器と安田靫彦、上村淳之、
河合玉堂、奥村土牛の日本画
第6室は岡本太郎と四谷シモン
第7室はガレとドームのガラス作品
第8室は「肖像の魅力」で　モディリアーニ、
キスリング、ローランサン、藤田嗣治など

堪能したので外に出て　ガレの庭園の
ゆるやかな坂道を登って行くと　頂上は
展望用テラスになっていて説明板も設置され
見慣れた市内の石油コンビナートの他に

釣り場の阿多田島《あたたじま》や廿日市《はつかいち》市の宮島が見える
宮島の背後にかすんでいるのは　海上自衛隊の
幹部候補生学校のある江田島だろう……

と突然　絹を裂くような轟音
岩国基地の戦闘機に違いない
そうだ西隣の岩国は基地の街
台湾防衛の訓練なのだろうか
ウクライナ戦争の飛火なのか
美的感慨が吹っ飛んでしまう

束の間の　美しい世界よ残れ
美術館は戦争と　性《しょう》が合わぬ

# 亀居城太鼓とどろく

和太鼓の響きは
耳で聴くというよりも
腹に届いた振動が全身に
拡がる震えだと思う

新しい郷土文化を作ろうと
一九八三年に結成された
「亀居城太鼓」は　四月上旬の
「亀居城まつり」を盛り上げてきた

大竹の家では二階から

亀居城址のあたりが見える
城が壊されずに残っていたら
天守閣が見られただろうに

今年　二〇二三年は四〇周年記念
のコンサートだ　アゼリアホール*で
三〇代から八〇代のメンバー一四人が
四楽章から成る組曲を披露する由

遠く離れた　土地で我も
六〇〇人の観客《きゃく》とともに
和太鼓の響きを感じよう
腹に響く震えを感じよう

＊　大竹会館横の多目的大集会所、よく催し物が開かれる。

# テレビの中で大竹は

たまたまテレビのニュースで
大竹のことが　報じられると
妙に気になり惹き付けられる

最近　意識して観ているのは
大竹の社会福祉に従事する
優しい男＝優男《やさお》さんが　地域の
福祉活動などを紹介する番組

たとえば　地域での子育て
支援事業だとか　介護川柳

あるいは玖波地区の宿題会

大竹市には　約四十五の
ふれあいサロンがあって
住民が　定期的に集まり
お喋りで　時間を過ごす
優男はサロンリーダーと
一緒に　サロンを考える

山間部にある松ケ原町の
定期市も　紹介された
これなら将来も大丈夫

# 解説　「叫魂《きょうこん》」の謎から導かれる「永遠平和」の未来へ
## 天瀬裕康詩集『叫魂から永遠平和へ――大竹市の歴史・産業・地域文化』に寄せて

鈴木　比佐雄

1

天瀬裕康氏は昨年の二〇二三年八月に刊行した『閃光から明日への想い――我がヒロシマ年代記 My Hiroshima Chronicle』に続き、今年の二〇二四年三月に新詩集『叫魂から永遠平和へ――大竹市の歴史・産業・地域文化』を刊行することになった。前詩集の編集の打ち合わせの際にも、広島市での原爆体験やその後の平和都市を目指した歴史を記した詩集『閃光から明日への想い』に続く詩集として、この大竹市についての叙事詩集を次にまとめたい構想を私はお聞きしていた。その言葉からどうしても書き記すべきだという天瀬氏の強い意志を感じたのだった。

新詩集のカバー写真は、大竹市にある「叫魂」の碑を足下から見上げるように写されている。この「叫魂」の男性像と足元の子供の像は見るものに原爆投下後の地獄の光景を想起させる。その台座に刻まれた「叫魂」という言葉から問い掛けられている何かを読み解くことが、この詩集を読み解く鍵になると思われる。

天瀬氏は「まえがき」の最後の方で次のように、この詩集を編んだ動機と「叫魂」の辞書的な意味から派生する何か謎のようなものを考え続けていることを率直に語っている。

《大竹市のＪＲ大竹駅の駅前には、《広島の西の玄関／人の和と産業の街／大竹市》と彫り込んだ石碑が建っています。これは地方の小都市の性格を簡潔に表していますが、私は総合市民会館の前庭に建てられた、原爆慰霊碑である「叫魂《きょうこん》」の碑のほうに、より大きな関心が湧くのでした。／辞書的にいえば「叫魂」は、名を呼んで死にかけた人を呼び戻すことですが、碑横の説明板にある「魂の叫び」の意味で使われたのかもしれません。普通の慰霊碑は鎮魂のためであり、叫魂はあまり一般的ではないので、強い想いが働きかけたような気がします。》

天瀬氏は「叫魂はあまり一般的ではないので、強い想いが働きかけた」と胸中を語っている。大竹市の市民たちが草の根的に碑建立の協議会を作って実現させた試みに、天瀬氏は多くの被爆者たちを看取った民衆のただならぬ「強い想い」を受け止めたように想像される。

## 2

詩集は五章から成り立っている。Ⅰ章「過去ありて　いま」八篇は「幕末の悲劇」から始まり、幕末の第二次長州戦争の舞台が現在の大竹地域周辺であったことを指摘している。天瀬氏は「のちに大竹市となる地域の　被害は甚大／家屋焼失は一七三四軒　罹災者が八九九六人／戦争の被害者はいつも庶民　勤王・佐幕は／どちらでもいい　欲しいのは平和な生活」と記している。大竹市が広島県（安芸国）の西部に位置し、県境の小瀬川（大竹からは木野川と呼ばれた）の対岸には山口県（周防国）があり、江戸時代から大きな争いがあったという。この大竹地域周辺が昔から戦争に巻き込まれてきた戦場であり、悲劇の地であることを明らかにしている。Ⅰ章の中でも四番目の詩「死ななくてよかった死」は、広島の原爆後に二十数㎞離れていたこの大竹市では、どのようなことが起こっていたかを具体的に記した貴重な叙事詩だと思われる。

《大戦末期　空襲による類焼損害／を少なくする　建物疎開と称して／家を壊す国民義勇隊出動指

令が出され／学徒たちは学校単位で出動させられた／／大竹地域では出広《しゅつこう》義勇隊と呼んでおり／八月六日の出動は廿日市地方事務所経由で通達／玖波町一〇五人　小方村八六人　大竹町七九八人／の半数余りが大竹六時一〇分発の広島行き列車に／大竹駅と玖波駅から乗車　残る五〇〇人弱の／大竹隊は六時五〇分発に乗り　ともに己斐駅で下車／／先発隊は目的地の広島市で作業に取り掛かり／後発隊は途中で八時一五分となり　どちらも原爆遭遇／小方隊は作業場所が　爆心に近かったので被害甚大／大竹地域では一二時過ぎから　義勇隊・学徒・一般人の／凄絶な負傷者が帰って来たものの　名前を呼ばれながら／死んでいく　建物疎開がなければよかったのに／／大竹地域の動員学徒の被害は　大竹町六二人／玖波町二九人　小方村二九人　彼らは即日または／二週間以内に死亡　他に救援で頻回に入市し／原爆死と思える人達もいた》

天瀬氏の詩行は事実を淡々と記しながらもその背後に人間たちの不条理な死があることの悼みを忍ばせている。大竹地域の約千名の悲劇は、「建物疎開」が無ければ起こらなかったが、学徒隊は原爆投下に巡り合うように向かっていったことが記されている。「大竹地域では一二時過ぎから義勇隊・学徒・一般人の／凄絶な負傷者が帰って来たものの　名前を呼ばれながら／死んでいく」という記述を読めば、朝は元気な若者たちが生き残って到着しても、その「凄絶な負傷者」たちが、どんな変わり果てた姿になったか想像することができて、身震いするほどの衝撃を受ける。大竹地域の人びとは、どんなにか驚き、若者たちの名前を呼びながら、生きて欲しいと叫んだだろう。死にそうなものたちの魂に向かってひたすら名前を呼び掛けて、一緒にこれからも生きていこうと叫び続けたに違いない。しかしながら動員された学徒たちは百名以上が帰らぬ人になってしまった。

## 3

Ⅱ章「一種の祀る行為」八篇は産業医であった天瀬氏が妻の実家の大竹市に開業し、大竹市に暮らし始めた時に感じ取った「祀る行為」が記されている。最後の詩はタイトルにもなった「叫魂《きょうこん》の碑」であり、その詩を引用する。

《大竹市内の原爆慰霊碑には／「叫魂」という字が台座に彫ってある／瀕死者の名を呼び　魂を呼び戻すことだ／大竹市原爆被爆者協議会が／寄付を呼び掛け　同市立戸《たちど》一丁目の／総合市民会館の前庭に建立／／市内の彫刻家で広島県美展審査員／だった　三上良平氏が制作／仁王様のような父が怒りの声を上げ／天を睨み　地蔵様に似た子が父の足に／縋りついて　天を仰いでいる／被爆者の怒りと永遠の平和を／象徴的に表すような父子像／／除幕は一九八三年一一月六日で／私が開業した翌年のこと／渡辺医院のある　立戸二丁目からは／徒歩で一五分　バスなら二つ目／背後にあるのは市立図書館で／私は　図書館にはよく行くから／八月六日の式典の時以外にも／あの怒りと平和の像は屢々見てきた／いろいろな想いが心を過《よ》ぎる／／高さ二メートルの台座の上の／父親の高さが二メートルの青銅製の／あの像は　ヒロシマの空に気持ちが／繋がるように東を向いている由　叫魂は／「叫ぶ魂」「魂に叫ぶ」とも読めるそうだ／父親の姿からは「魂を呼び戻す」より適切／各種の想念が重なってもよかろう／／いま頭上を米軍機が飛んでいる／「やめろ！」と叫んでみたい／そうした想いも代弁できないか／もちろんこの碑は反原爆の慰霊碑だが／「叫魂」は他にも対応できぬかと／想いは巡る　また巡る》

天瀬氏は「叫魂《きょうこん》の碑」が「大竹市原爆被爆者協議会」という被爆者やその惨状を目撃した市民たちの浄財によって建てられたことを淡々と記していく。その像については「仁王様のような父が怒りの声を上げ／天を睨み　地蔵様に似た子が父の足に／縋りついて　天を仰いでいる／被爆者の怒りと永遠の平和を／象徴的に表すような父子像」と、なぜこの怒りの親子の像が造られたかの謎を読み取っている。つまり天瀬氏は広島・大竹市民の民間人を無差別に放射線によって大量虐殺させたことへの「被爆者の怒り」が、無尽蔵に永遠に続くのではなく、「永遠の平和」の未来を創造するエネルギーに反転させるためにこの「叫魂《きょうこん》の碑」が建てられたのだと解釈したのだろう。けれども天瀬氏は自らの想いを押し付けるのではなく、《叫魂は／「叫ぶ魂」「魂に叫ぶ」とも読めるそうだ／父親の姿からは「魂を呼び戻す」より適切／各種の想念が重なってもよかろう》と語り、何を「魂に叫ぶ」かは一人ひとりが自らの問題として考えて欲しいと願っているのだろう。最後の《「叫魂」は他にも対応できぬかと／想いは巡る　また巡る》とは、核兵器を廃棄できずに八〇年も経つ世界であっていいはずはなく、被爆者たちの「叫魂」の想いを知り核兵器の抑止力という幻想を廃棄するために応用できないかを模索しているのだろう。

4

Ⅲ章「これも仕事のうち」九篇は、大竹市で開業しても「阿多田島《あたたじま》の校医」を務めたり、「個人携帯用自動心電図記録システム」などの導入などで地域医療に貢献したことや、「労働衛生コンサルタント」という「儲からない医者への共鳴」などの自らの医師としての歩みを記し、医師として生きてきた様々な格闘を滲ませている。

Ⅳ章「文化面での記憶」十三篇では、安芸と周防の境の木野川《このかわ》＝小瀬川《おぜがわ》の「手漉き和紙」、「雛流し」などの地域文化の歴史を記し、白魚漁、戦後の産業では石油コンビナート、化学工業の一角を担ったが、環境汚染で斜陽となったことなどを記している。また天瀬氏の文化的な活動は、伝統俳句から現代俳句まで詠み、自らが主宰となり『SF詩群』を立ち上げて詩・俳句・短歌・漢詩・小説など様々な表現を試みて、全国にも寄稿者を募って活動をされている。特に「手漉き和紙の手描き鯉のぼり」が「ひろしま鯉のぼり」に発展していく地域文化が産業にも貢献することに期待をかけている。また「大竹祭り大行列」や「原爆死没者慰霊祭」(大竹のヒロシマの日)などの行事などを慈しんでいる。

Ⅴ章「別の面の叫魂と希望」十篇では文明批評的な観点から警鐘を鳴らしている。冒頭の詩「繁栄の虚夢」の最終二連では「山口県は東部の上関町/原発の設置が　進行中//原発なしのつつましい/生活を選ぶは間違いか/原発は増え　次は原爆/それは　危ない逆夢か」と記し、地震国日本で原発を稼働させることが「虚夢」であり「逆夢」であると鋭敏な言語感覚で批判している。最後に詩「大竹のヒロシマの日(3)」の最後の三連を引用したい。天瀬裕康氏の「叫魂」に関わる詩篇は、カントの「永遠平和」を胸に秘めて生きることの意味を伝え、「被爆二世」や後世の者たちに「叫魂の碑のお父さん/コロナにも睨みを利かして貰えませんか」とエスプリを利かせて、核兵器廃絶を未来に託していく謙虚さが伝わり、言い知れぬ感動が伝わってくる。

《二〇二〇年は　新型コロナウイルスが/猛威を振るうため　参列席を半減/仕方がないけど　叫魂の碑のお父さん/コロナにも睨みを利かして貰えませんか//喜ぶべきは　被爆二世の加入が多いこと/会長はすでに二世の時代　これなら/先細り消滅はないだろう//広島へ転出と決まった年も　参列せず/強い腰痛　歩行困難があったとはいえ/まことに申し訳ございません》

# あとがき

二二年間勤務した広島の東洋工業付属病院（現・マツダ病院）を辞し、広島県大竹市で内科・小児科の渡辺医院を開業したのは一九八二（昭和五七）年の七月一日でした。

それから四〇年、産業医や医師会の仕事も含めてアクティブな開業医活動をした三十余年の体験を詠みました。原爆手帳の保持者が多い半面、まだ申請を出していない人も見られますし、一般の爆弾による戦災者、戦死者の家族、引揚げ者などで、困窮している人もおられました。これらを個々の事例としてだけでなく、本質を抽出しようとしました。社会の表層を見るだけでなく、内部の呻きにも耳を傾けながら拙い詩集を編んだのです。

その結果ラテン語の「メメント・モリ（死を想え）」や、日本語の「叫魂《きょうこん》」及び関連の言葉が、あちこちで繰り返し現れることになります。その「叫魂」という言葉の由来について、最初の平和宣言にある「魂の叫び」に関し教えて下さったのは、賀屋幸治・大竹市原爆被害者友の会会長でした。いまの私は、死にかけた人を死なぬよう魂の奥底から叫ぶような、種々の意味を含めた「叫魂」として把握し、素晴らしい言葉だと思っています。

また「叫魂」の像の一人、地蔵さんのような子どもの像は、イマヌエル・カントの「永遠平和」（Zum ewigen Frieden 一七九五年）を具象化しているようにも見えました。

謝辞を続けますと歴史研究会の人たち、特に望月英範先生からは多くを教えられました。日常の仕事については、佐川広大竹市医師会長をはじめとする医師会員諸兄姉のおかげで、大過なく職務を全うできました。大竹市役所関係では、福祉関連職場の皆さんのお世話になりましたし、広報課の人々は私の文芸作品の紹介をして下さいました。この場を借りて感謝の意を表します。

さて、そのうちに広島市への転居の日が近付きましたが、引越し予定の二〇二二（令和四）年九月一九日（月曜、敬老の日）は、台風一四号と衝突しそうでした。恰《あたか》も私が広島へ出て行くのを、止めようとしているかのようでしたが、一八日（日）に運送会社の広島市内にある倉庫まで荷物を運んでおくことにより、予定通りに引っ越しできました。

しかし大竹市への想いは、私の側にも残っています。小都市の大竹市が、それなりに良き市であり続けるよう祈っております。それで、月日的にはもう西白島時代に属すべき作品の一部も、「V　別の面の叫魂と希望」の終りに加えました。ご了承下さい。

最後になりましたが、本書の出版に際しては今回も、詩人で評論家の鈴木比佐雄コールサック社代表から編集上の助言を頂き、解説文を賜ったことは光栄です。また校閲・校正の座馬寛彦氏、装丁・デザインの松本菜央氏ほか、関係者各位に心からお礼申し上げます。

**天瀬裕康**

二〇二四年一月

著者略歴

**天瀬裕康**（あませ　ひろやす）

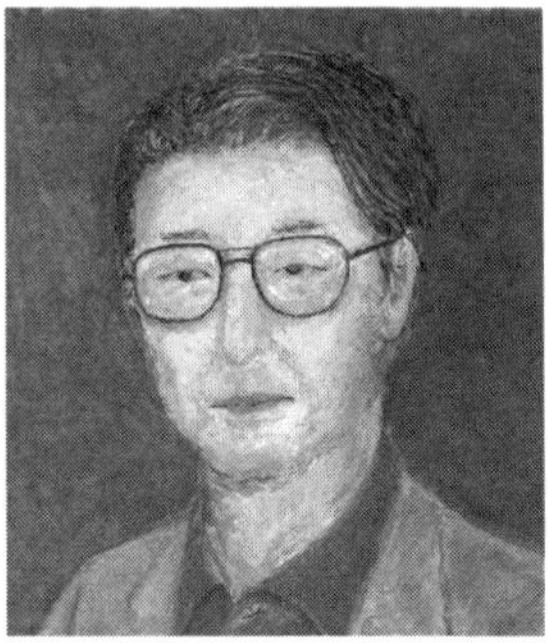
画＝天瀬裕康

本名：渡辺晋（わたなべ　すすむ）
1931年11月　広島県呉市生まれ
1961年3月　岡山大学大学院医学研究科卒
（医学博士）
現在：脱原発社会をめざす文学者の会・日本ペンクラブ・日本ＳＦ作家クラブ・イマジニアンの会各会員
『ＳＦ詩群』主宰
（本名では核戦争防止国際医師会議日本支部理事）

［主著書］
長篇小説『疑いと惑いの年月』（文芸社、2018年8月）
長編詩『幻影陸奥共和国』（歴史春秋社、2020年7月）
混成詩『麗しの福島よ——俳句・短歌・漢詩・自由詩で3・11から10年を詠む』（コールサック社、2021年11月）
詩集『閃光から明日への想い——我がヒロシマ年代記　My Hiroshima Chronicle』（コールサック社、2023年8月）
詩集『叫魂から永遠平和へ——大竹市の歴史・産業・地域文化』
（コールサック社、2024年3月）
（本名では『核戦争防止国際医師会議私記』及び英語版）

現住所　〒730-0005　広島県広島市中区西白島町7-27-909　渡辺晋方

石炭袋


詩集　叫魂から永遠平和へ
——大竹市の歴史・産業・地域文化

2024年3月27日初版発行
著者　天瀬裕康
編集・発行者　鈴木比佐雄
発行所　株式会社 コールサック社
〒173-0004　東京都板橋区板橋2-63-4-209
電話 03-5944-3258　FAX 03-5944-3238
suzuki@coal-sack.com　http://www.coal-sack.com
郵便振替　00180-4-741802
印刷管理　株式会社 コールサック社　制作部

＊装幀　松本菜央

落丁本・乱丁本はお取り替えいたします。
ISBN978-4-86435-603-9　C0092　￥1700E